# Escadrille 80

## Fichesdelecture.com

# *Escadrille 80*
# (Fiche de lecture)

## I. INTRODUCTION

### L'auteur

Dahl est un écrivain gallois du XXe siècle. L'auteur connaît une enfance et une jeunesse assez difficiles. Enfant, il aimait les livres et les histoires notamment celles de Dickens. Son enfance et sa scolarité influencèrent beaucoup ses écrits notamment son autobiographie « Moi, Boy ».

Parmi ses œuvres les plus célèbres, on peut citer « Charlie et la chocolaterie », adaptée plusieurs fois au cinéma, ou encore « Kiss Kiss » et « Bizarre, bizarre ».

Brian Appleyard écrivit dans « The Independent » en 1990 : « Roald Dahl est sans aucun doute l'écrivain pour enfants ayant eu le plus de succès dans le monde entier ».

### L'œuvre

« Escadrille 80 » est un récit autobiographique publié en mai 1986. Il fait suite à « Moi, Boy » dans laquelle l'auteur raconte sa vie de sa naissance jusqu'au moment où il part au Tanganyika, Tanzanie travailler pour une compagnie pétrolière.

Roald Dahl s'engage dans cette compagnie pétrolière à 17 ans, et part en Tanzanie en Afrique à 20 ans. Le récit se déroule durant la Seconde Guerre mondiale, l'auteur s'engage en tant que pilote de chasse à Nairobi au Kenya. Après quelques mois d'entraînement, il est affecté à l'escadrille 80.

À l'instar de « Moi, Boy », « Escadrille 80 » est un véritable best-seller.

# II. RÉSUMÉ DU ROMAN

Le récit débute sur un navire qui se dirige vers l'Afrique. Le jeune Roald est à bord, c'est la première fois qu'il se rend en Afrique, un poste de « stagiaire au service Orient » dans la compagnie pétrolière Shell l'attend au Tanganyika, actuelle Tanzanie. Il a arrêté ses études à dix-huit ans pour voyager.

À son arrivée il se retrouve nanti d'un boy qui doit le servir. Le jeune homme est complètement dépaysé, il découvre la vie en Afrique coloniale et vit parmi les animaux. L'auteur raconte plusieurs anecdotes notamment lorsqu'il croise un serpent alors qu'il conduit sur les pistes poussiéreuses du Tanganyika. Malgré quelques péripéties, il semble apprécier sa nouvelle vie.

Mais la Seconde Guerre mondiale éclate, il décide alors de devenir aviateur pour la prestigieuse Royal Air Force à Nairobi au Kenya. Il suit une formation de quelques mois et est affecté à l'escadrille 80.

Alors qu'il rejoint son escadrille, le pilote de chasse échappe à la mort tandis que son avion, un Gloster Gladiator s'écrase dans le désert en Libye. Gravement blessé il se rétabli rapidement et rejoint son escadrille en Grèce pour continuer le combat contre l'aviation allemande.

Il décrit les nombreuses batailles aériennes auxquelles il a participé en tant que pilote de chasse contre les Allemands au-dessus de la mer méditerranée. L'auteur confie les sentiments qu'il éprouvait alors qu'il n'était qu'un jeune homme inexpérimenté.

Il nous parle de la peur de la mort et du rôle de la chance, qui selon ses dires lui a permis de survivre au crash de son appareil mais aussi lors des nombreux combats. Le jeune homme découvre l'aviation mais surtout la guerre à travers des batailles aériennes. Il est confronté à la peur de la mort et combat courageusement.

Il ajoute que les combats étaient parfois déséquilibrés dans la mesure où ils n'étaient parfois qu'une poignée de pilotes anglais contre « une armada allemande » mieux équipée.

Il dénonce le gâchis et l'absurdité de l'armée et la guerre. Il aborde aussi le rôle quasi inexistant de la France au début de la guerre.

Puis il part pour Haïfa, au nord de la Palestine en mai 1941. Mais il souffre toujours des blessures de son accident précédent, il est alors rapatrié en Grande-Bretagne.

# III. ÉTUDE DU PERSONNAGE PRINCIPAL

Roald Dahl naît le 13 septembre 1916 au pays de Galles, c'est le troisième des quatre enfants du couple Harald et Sofie Magdelene Dahl. Son père avait eu deux autres enfants lors d'un premier mariage. Ses parents sont d'origine norvégienne et son père dirige une entreprise à Cardiff.

À l'âge de quatre ans, le petit Roald perd sa sœur puis son père, à quelques mois d'intervalle. Il est alors placé dans des pensionnats anglais. Enfant, Roald n'aime pas l'école et surtout la discipline rigide dans les pensionnats anglais.

L'enfance et la scolarité de Roald Dahl influencèrent beaucoup ses écrits et sont les sujets principaux de son autobiographie. Entre sept ans et neuf ans, il est à la Llandaff Cathedral School, situé près d'un kiosque à bonbons. Il aimer contempler la vitrine du chocolatier et cela lui donna l'idée de « Charlie et la Chocolaterie ». Il passe ses vacances en Norvège qu'il décrit dans « Moi, Boy » en 1984.

Le jeune Roald aimait les livres et les histoires, sa mère leur racontait, souvent des contes de trolls ou d'autres créatures norvégiennes.

Il arrête ses études à dix-huit pour voyager. Il part pour l'Afrique, engagé par la compagnie Shell comme « stagiaire au service Orient ». En 1936 il est envoyé en Afrique orientale à Mombasa.

En 1939, la Seconde Guerre mondiale éclate et il s'engage dans la Royal Air Force à Nairobi. Il est blessé lors d'un accident en Libye, puis combat en Grèce et enfin à Haïfa, au nord de la Palestine en mai 1941. Mais il souffre toujours des blessures de son accident précédent, il est alors rapatrié en Grande-Bretagne.

Il est ensuite envoyé en Amérique comme attaché à l'ambassade britannique de Washington mais chargé secrètement d'espionner. En 1943, il y rencontre rencontré l'écrivain C.S. Forester qui le pousse à relater son accident en Libye, « A Piece of Cake » pour le Saturday Evening Post. Il publie son premier texte « Les Grimlins ».

À la fin de la guerre, il passe six ans à écrire en Angleterre. En 1953, il épouse Patricia Neal dont il aura cinq enfants. Ils s'installent à Gipsy House, en Angleterre, où il écrit ses plus célèbres romans. Il publie « Escadrille 80 » en 1986 dans lequel il raconte ses exploits de guerre.

Il commence à écrire des récits pour la jeunesse à partir de 1961. En effet chaque soir il raconte des histoires à ses filles Olivia et Tessa. Il publie « James et la grosse pêche » puis enchaîne les succès avec « L'énorme crocodile » « en 1976, « Sacrées Sorcières » en 1983 ou encore « Matilda » en 1988.

Beaucoup de ses nouvelles sont adaptées à la télévision comme « Bizarre, bizarre ». Une grande partie de ses œuvres sont traduites dans trente-quatre langues. Il reçoit plusieurs prix comme le prix Costa 1983 pour « Sacrées Sorcières » et le « Children's Book Award » en 1983 pour « Matilda ».

Il meurt le 23 novembre 1990.

# IV. AXES DE LECTURE

## Un récit autobiographique

Lorsque Dahl a écrit « Moi, Boy », il met en garde le lecteur et déclare : « Ce livre n'est pas une autobiographie ». Pourtant l'auteur y relate les années de son enfance de sa naissance jusqu'à son départ pour l'Afrique à l'âge de vingt ans.

« Escadrille 80 » est la suite de ce récit, l'auteur la présente comme une autobiographie « sélective ». Il se concentre sur trois années de sa vie, de 1938 à 1941. Cette période correspond à son aventure africaine, où il travaille pour la compagnie Shell en Tanzanie. Il y raconte sa vie parmi les animaux sous l'Afrique coloniale.

La guerre éclate et Roald Dahl s'engage dans la RAF et part se battre contre l'aviation allemande. Il nous décrit une période exaltante, le jeune homme découvre l'aviation mais surtout la guerre à travers des batailles aériennes. Il est confronté à la peur de la mort et combat courageusement. Il échappe plusieurs fois à la mort, notamment lorsque son avion s'écrase dans le désert de Libye.

Il s'agit bien d'un récit autobiographique puisque le narrateur et le personnage principal sont la même personne. Lorsque le personnage principal raconte ses péripéties, le point de vue est interne, l'auteur nous raconte ses souvenirs.

L'écrivain Dahl se remémore ses jeunes années, lorsqu'il était pilote de chasse dans l'armée, il décrit avec précision ses sentiments comme la peur de mourir et la dureté des batailles aériennes. Il se confie au lecteur avec sincérité notamment lorsqu'il aborde l'absence d'incertitude de survivre aux attaques.

Il met en avant le rôle de la chance, qui selon l'auteur lui a permis de survivre au crash de son appareil mais aussi lors des nombreux combats. Il ajoute que les combats étaient parfois déséquilibrés dans la mesure où ils n'étaient parfois qu'une poignée de pilotes anglais contre « une armada allemande » mieux équipée.

En écrivant ce récit plusieurs années après que les événements se soient déroulés, l'auteur analyse et prend du recul. Il prend conscience de son jeune âge et son manque d'expérience en tant que pilote. Il adopte parfois une vision critique, notamment lorsqu'il décrit le rôle « peu glorieux » qu'a joué la France au début du conflit.

## L'héroïsme et l'aviation sous la Deuxième Guerre mondiale

Au cours du récit, les notions de courage et d'héroïsme sont mises en avant. L'aviation et plus particulièrement les pilotes de la Royal Air Force qui risquent sans cesse leur vie sont mis à l'honneur. L'auteur décrit que l'aventure dans laquelle se jette le pilote n'est pas anodine, ce poste est à la fois noble et dangereux.

La RAF a joué un rôle considérable lors de la Seconde Guerre mondiale, en effet elle a mis sous pression les régions de l'Allemagne qui étaient à sa portée. Elle est à l'origine des bombardements les plus massifs d'Hambourg, de Berlin et de Dresde.

Elle s'est aussi distinguée lors de la bataille d'Angleterre, où sa résistance a permis au Royaume-Uni de ne pas perdre le contrôle des ses airs. La défense de l'Angleterre est une des missions prioritaires de la RAF. Les premiers engagements sont très meurtriers comme le décrit Roald dans son récit. Il raconte notamment que les combats étaient parfois déséquilibrés dans la mesure où ils n'étaient parfois qu'une poignée de pilotes anglais contre « une armada allemande » mieux équipée.

Le RAF devient le support aérien entre les troupes terrestres et les acheminements. La Deuxième Guerre mondiale correspond à la sortie d'un nouvel appareil qui a révolutionné la RAF : le Gloster Meteor. À la fin de la guerre, la RAF comptait 1.115.523 hommes et 27.443 appareils.

## L'univers de Dahl

« Escadrille 80 » semble décrire la période de sa vie qui a inspiré ses œuvres pour adultes (qui ont constitué la première partie de sa carrière). Par exemple, il y décrit une traversée du désert que l'on retrouve pratiquement telle quelle dans une des nouvelles de « La grande entourloupe ».

Dans ses livres pour enfants, les héros sont souvent des enfants malheureux, qui prennent un jour leur revanche sur leurs tortionnaires. L'effet est jubilatoire, et permet aussi au lecteur de relativiser ses propres problèmes.

On peut en outre citer deux autres thèmes récurrents : la gourmandise et le voyage. Pour la gourmandise, on trouve dans « James et la grosse pêche » des références aux confiseries : « *aussitôt, un torrent de chocolat fondu, tout chaud encore, jaillit par les brèches. Au bout d'une minute, la masse onctueuse et brune avait envahi toutes les rues du village, les maisons, les boutiques et les jardins* ». On le retrouve aussi dans « Charlie et la chocolaterie » ou encore « Moi, Boy ».

Le thème du voyage est également très présent, on le croise dans « Moi, boy », « Escadrille 80 », « Charlie et le grand ascenseur de verre » et bien d'autres. Il semble que le voyage devienne un moyen de se sortir d'une situation délicate, comme dans « Charlie et le grand ascenseur de verre » où lui et sa famille échappent à la pauvreté. Dans « Escadrille 80 », le voyage est synonyme de découvertes, d'apprentissage de la vie mais aussi de la mort ou encore de l'absurdité de la guerre.

Ses personnages sont souvent des caricatures, ce qui est une variante de l'humour de Roald Dahl. La plupart des illustrations de Quentin Blake complètent ces récits. En conclusion, Roald Dahl est à la fois un romancier et un conteur. Il emmène le lecteur dans son univers.

Roald Dahl rencontre un succès mondial, en tant qu'écrivain pour les adultes et pour les enfants. Il reste parmi les auteurs les plus inventifs de la littérature pour enfants.

# Dans la même collection en numérique

*Escadrille 80*

*Inconnu à cette adresse*

*La controverse de Valladolid*

*Les Vilains petits canards*

*Une partie de campagne*

*Cahier d'un retour au pays natal*

*Dora Bruder*

*L'Enfant et la rivière*

*Moderato Cantabile*

*Alice au pays des merveilles*

*Le faucon déniché*

*Une vie*

*Chronique des Indiens Guayaki*

*Je voudrais que quelqu'un m'attende quelque part*

*La nuit de Valognes*

*Œdipe*

*Disparition Programmée*

*Education européenne*

*L'auberge rouge*

*L'Illiade*

*Le voyage de Monsieur Perrichon*

*Lucrèce Borgia*

*Paul et Virginie*

*Ursule Mirouët*

*Discours sur les fondements de l'inégalité*

*L'adversaire*

*La petite Fadette*

*La prochaine fois*

*Le blé en herbe*

*Le Mystère de la Chambre Jaune*

*Les Hauts des Hurlevent*

*Les perses*

*Mondo et autres histoires*

*Vingt mille lieues sous les mers*

*99 francs*

*Arria Marcella*

*Chante Luna*

*Emile, ou de l'éducation*

*Histoires extraordinaires*

*L'homme invisible*

*La bibliothécaire*

*La cicatrice*

*La croix des pauvres*

*La fille du capitaine*

*Le Crime de l'Orient-Express*

*Le Faucon malté*

*Le hussard sur le toit*

*Le Livre dont vous êtes la victime*

*Les cinq écus de Bretagne*

*No pasarán, le jeu*

*Quand j'avais cinq ans je m'ai tué*

*Si tu veux être mon amie*

*Tristan et Iseult*

*Une bouteille dans la mer de Gaza*

*Cent ans de solitude*

*Contes à l'envers*

*Contes et nouvelles en vers*

*Dalva*

*Jean de Florette*

*L'homme qui voulait être heureux*

*L'île mystérieuse*

*La Dame aux camélias*

*La petite sirène*

*La planète des singes*

*La Religieuse*

# À propos de la collection

La série FichesdeLecture.com offre des contenus éducatifs aux étudiants et aux professeurs tels que : des résumés, des analyses littéraires, des questionnaires et des commentaires sur la littérature moderne et classique. Nos documents sont prévus comme des compléments à la lecture des oeuvres originales et aide les étudiants à comprendre la littérature.

Fondé en 2001, notre site FichesdeLectures.com s'est développé très rapidement et propose désormais plus de 2500 documents directement téléchargeables en ligne, devenant ainsi le premier site d'analyses littéraires en ligne de langue française.

FichesdeLecture est partenaire du Ministère de l'Education du Luxembourg depuis 2009.

Plus d'informations sur www.fichesdelecture.com

ISBN: 978-2-511-02960-2

Notes :